蓝精灵

JINGLING DUJIACUN

精灵度假村

[比] 贝约 著 徐颖 译

接力出版社
Publishing House

桂图登字：20—2008—026

 蓝精灵

图书在版编目（CIP）数据

精灵度假村／（比）贝约著；徐颖译.—南宁：接力出版社，2010.1
（蓝精灵）
ISBN 978-7-5448-1113-2

I.①精…　II.①贝…②徐…　III.①漫画：连环画－作品－比利时－现代　IV.① J238.2

中国版本图书馆CIP数据核字（2009）第228778号

责任编辑：张培培　　美术编辑：卢　强　范玲玲
责任监印：刘　元　　版权联络：曾　齐　谢逢蓓

社长：黄　俭　　总编辑：白　冰
出版发行：接力出版社
社址：广西南宁市园湖南路9号　邮编：530022
电话：0771-5863339（发行部）010-65545240（发行部）
传真：0771-5863291（发行部）010-65545210（发行部）
网址：http://www.jielibeijing.com　http://www.jielibook.com
E-mail:jielipub@public.nn.gx.cn
经销：新华书店

印制：北京国彩印刷有限公司
开本：889毫米×1194毫米　1/16
印张：3　字数：40千字
版次：2010年1月第1版　印次：2010年1月第1次印刷
印数：00 001—10 000册
定价：18.00元

蓝精灵们在村子里过着快乐的生活。不过，你们可能不相信，他们有时候也免不了忙得晕头转向！

你能帮我搬一下橱柜吗？

可以，不过就要到午饭时间了！我们午睡之后再说吧！

裁裁，我需要一条新裤子！

下个月行吗？

我们来看看灵灵吧，他正在研究一项新发明……

这一次该行了！

咔嚓！

好，再加点儿力……

嗨哟！

突突突……

现在我把樱桃倒进去……

樱桃柄已经出来了！

现在轮到果核了！

扑通！扑通！

然后是……樱桃……

?!

扑哧！扑哧！扑哧！

扑通！

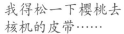

我也不知道自己是怎么回事！这机器不听话，其他人又整天盯着我不放……

突然之间我就发作了……怒气一下子冲上了脑门！

你这是工作太多的后果！你的压力太大了！

您也许可以找到治疗方法……您了解所有的植物……

不，这并不能解决问题！

你现在需要的是休息，不要再想发明和工作了……什么都不要做！

什么都不做……这太难了，蓝爸爸！

不会！我会告诉所有蓝精灵，让他们别来烦你！

别自寻烦恼了！一台会去樱桃核的机器不是什么少不了的必需品！

啊？您这样想吗？

怎么样？他平静下来了吗？

他到底是怎么回事？

他不会伤害我们吧？

听着，灵灵这是过度操劳！他需要好好地休息！现在你们都不要去麻烦他了，明白了吗？

是的，蓝爸爸！

5

行了！我都准备好了！

你不想让我陪你一起去吗？我可以帮你背东西！

不用了，谢谢你，健健！我自己能行！

您认为他一个人旅行能行吗？

当然！这对他有好处！

蓝爸爸说得对！我应该走得远远的！

从高处看起来，什么都变得不那么重要了！

我喜欢走路！我可以这样走上一整天！

我的包可真沉啊，带太多东西了！

呼哧！我旅行之前应该先锻炼锻炼！

快……加把劲儿……我得……在天黑前……赶到……

我感觉好极了！以后我只要觉得疲劳，就来这里住上几天！

我有了个好主意！我得起来画张草图！

我的铅笔！槽糕！我把铅笔放哪儿了？！我真是没头脑！

这根树枝也能行！

好了，差不多就是这样……明天一早我就开始干活！

过了几天……

我给灵灵做了个蛋挞！他今天回来，不是吗？

是啊！他应该就快到了！

啦啦啦！啦啦啦！

说曹操，曹操就到！他看起来心情很好！

大家早上好！一切都好吗？

早上好，灵灵！一切都顺利吗？

是的，蓝爸爸！您的主意真棒！

看！只需要一点儿想象力就行了！

帮我一起把它推到水里吧！

太舒服了！真希望永远这样下去……

哦！时间，停下你的脚步吧！

你说得对，灵灵！这个地方太神奇了！

灵灵，我们有个问题想问你……

我们不想打扰你，不过……

如果我俩也在这儿造一间小房子，你不会反对吧？

怎么会……湖边最不缺的就是土地！

当然可以在湖边造房子！我来教你们……

万岁！

什么?!传染病?!

是真的,蓝爸爸!绘绘和诗诗也在湖边造了各自的房子,整个村子都在谈论这件事!

老实说,我不太相信,如果他们真的喜欢那地方……

不过,就让他们去吧!至少他们可以找点儿乐子……

啊?

毕竟这个主意是我先想出来的……

山里的空气对身体可好了!我们每天都觉得精力充沛!

?

风景太美了!我一直在不停地作画!可是画只能表现出一小部分的美景而已……

啊,湖水!蓝天!那只水面上的小船!都让我产生了写诗的灵感……

*如有雷同，纯属巧合

我们也想住到湖边去！

等一下，其实那里也没这么好！你们知道……呃……

来，我们需要谈谈！

这根本不可能！我们只有三间小房子……不可能请他们都去！

或者每次邀请两到三个！

可是按什么顺序好呢？

我们可以抽签……或者用彩票的方式！

或者先邀请我们最喜欢的人！

我，我要先邀请蓝妹妹！

凭什么你来请？我的房子比你的漂亮！

别吵了！！我们得给他们一个明确的答复，不然会一直没完没了！

我的回答很简单：不是每个人都能住到湖边去的！完了！

你应该觉得羞愧！

湖又不是你一个人的！

你们真自私！

我要去告诉蓝爸爸！

19

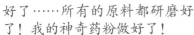

好了……所有的原料都研磨好了！我的神奇药粉做好了！

如果有效果，你就能变成一头真正的猎犬了，可以追捕猎物！

！

快出来吧！你不会真的变成狗的！而且药效只有几个小时而已……

咻溜！

我说了，出来！你必须帮助我追捕蓝精灵！

喵喵！

好了，好了……已经结束了！

噗！噗！

阿嚏！

喵……汪！

啊！啊！成功了！

汪！汪！汪！

现在只要去长龙爪菜的树林里走一圈儿就行了……凭着你的嗅觉，我们应该不多久就能抓到猎物！

加油！好好找，我的猎……呃……我的好猫！别忘了，你的嗅觉不会持续很久！

你闻到什么了吗？空气中充满了蓝精灵的臭味，哈！哈！哈哈！

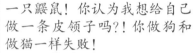

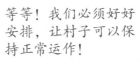

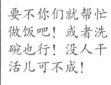

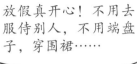

放假真开心！不用去服侍别人，不用端盘子，穿围裙……

今天我要舒舒服服地享受阳光！

舒舒服服……对了，我有了个主意！

哇！快看！

啪！啪！

这短裤是什么玩意儿？

他屋子里进水了！

哈！哈！哈哈！

这个浮浮，他总这么臭美！

哦，浮浮！这身打扮可真帅！

太适合你了！你怎么想到这么棒的主意？

过了一会儿……

嘿嘿！

怎么?!你也不看看自己的?!先照照镜子吧！

27

看，问讯处开着！

请问你知道今晚音乐亭有什么节目吗？

不知道！干吗？

什么干吗？！我在问你话呢！

可我什么都不知道！

真是的！不是说好每天晚上音乐亭都有节目的吗？

啊？我才知道……

好了，那你到底在问讯处干什么？！

是灵灵让我整天待在这儿的……你问题怎么这么多！烦死了！

哎哟，别嚷嚷！我们还要玩儿球呢！

有必要这么激动吗？！

就是！难得放一回假……

咚！

湖水、阳光，不用做面包……我要享受每一分钟！

要说什么事让我最高兴……

……要是没了我们，村子里的人肯定不知道该怎么办才好！

我打赌他们一定很惨！

是啊……肯定一团糟！

28

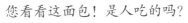
的确，在精灵村里……

蓝爸爸，我得向您汇报一件事！

您看看这面包！是人吃的吗？

呃……它确实烤过头了！

自从陶陶代替了厨厨，每次烤出来的面包都是这样！

我只会做水罐和盘子！对面包的烘烤时间完全没概念！

行了，别激动！再烤一炉试试！

我也想啊，可是已经没有面粉了！

没有面粉了……哎哟！磨磨没人替他！

不行！你以为我是白痴吗？

生菜全蔫儿了！你根本没浇水……而这些是西葫芦，不是黄瓜！

我已经尽力了！种菜又不是我的本行！

大家都耐心点儿！等农农回来就好了……

也许吧！不过我先通知您：他一回来，我就走！我受够了！

天哪！谁能代替厨厨呢？！

29

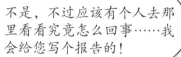

精灵度假村的夜晚热闹极了……

而白天却很安静……

有些人放慢了生活的节奏……

等着悬念揭晓的那一刻……

还有一些人主动出击……

浮浮的创造力总是那么旺盛……

聪聪试着提升大家的文化水平……

奇怪的行为开始出现……

这儿真是一个和蓝妹妹野餐的好地方！

糟糕！我的桨陷进淤泥里了！

扑通！

哈哈！真是个白痴！

他从自己的船上掉下去了！

根本不是这么回事儿！ 人人都知道，泥浴对皮肤很有好处！

哎哟，真恶心！

是有点儿，不过对皮肤好就行了！

扑哧！

扑哧！

总而言之，每个人都很享受他们的假期，不过……

滚开！

是我先来的！

于是，他回答说："是啊！不过我瘦了！"

哈哈哈！

哦！索啦咪多……

呜呜呜！

哗啦！

哗啦！

呼哧！

想想看！一个美丽的傍晚，我们坐上船。

我的老伙计，那已经是陈芝麻烂谷子啦！

他在唱什么？

你说得对，绘绘……这里已经和过去不同了！乱哄哄的一切让我失去了灵感！

我也是，我也不画画了！而且这些人为的建筑把最美的风景都糟蹋了！

说真的，我想回到我们宁静的村子里去……

你也这么想吗？那我们明天就走？

33

35

精灵村里……

蓝爸爸，我们什么时候才能去？

是啊，天气不会一直这么好下去！

必须等到第一组的人回来……可我连他们的消息都没有！

我，我等不及了！

对不起，我想他们是不会回来了……我干完手头的活儿，然后就去！

我也累了！村子里全都乱了套了！听着，我决定……

大家全体放假！都准备好行李，准备上路！

耶！

蓝爸爸万岁！

我们亲爱的村子终于到了！

可……他们都要去哪儿？

怎么，你们都要离开村子？

我们刚回来！

这样也不错！你们刚好可以留在这儿看家……

哦……听您的，蓝爸爸！

好吧，就这样决定了！如果有什么事儿，到度假村找我！

这下子我们算是清净了!

真舒服!我准备去睡个午觉!

听说灵灵做了一张特别舒服的新床……

试试去!我们是看家的,哪里都可以去!

在路上……

怎么不动了!出什么事儿了?

呆呆在路上把行李掉了!

厌厌把脚崴了!我们得用绷带给他包扎一下!

包在他嘴上?

我,我讨厌绷带!

就是!错开出发的时间……才是……怎么说呢……明智的做法!

◎☆燊!我们不该全都一起出门!

在度假村里……

他们全都离开了村子来这里?!现在他们到哪儿了?

还在路上!你有足够的时间安排!

那您呢,蓝爸爸,您怎么已经到了?

我是坐白鹳来的!以我这把年纪,再要长途跋涉……

白鹳,是个好主意!既迅速又省力……我们可以去更远的地方,而不用担心时间的问题……

这间小屋真漂亮!

到底怎么安排所有人的住宿呢?

我得想个紧急方案出来!

35

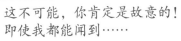

蓝精灵的村子！！为了这一天，我等了多少年！

真要感谢那头熊！

砰！

决不犹豫！要杀他们个措手不及！

嘟！

可是……可是……他们人呢？

真倒霉！我好不容易找到了村子，可他们全都走了！

这些覆盆子可真好吃！

整整两篮都是我们的！啧啧！

哦！小心！

？

我向你保证，阿兹猫！我决不会空手离开这里！

格格巫！

我们就埋伏在这里！他们总有一天会回来的！

出大事了！

必须马上通知蓝爸爸！

39

41

啊！啊！真棒，灵灵！这才叫运动！

现在我们回去吃饭吧！我可不想错过音乐亭的演出！

蓝爸爸！蓝爸爸！

出大事了！

什么?!格格巫找到了通向精灵村的路?!怎么可能？

不知道！不过他现在不想走了！

他决定一直留在那里，直到我们回去！

这下麻烦大了！还好我们在这里是安全的！

如果没有你灵灵，悲剧可能已经发生了！

还好有度假村，格格巫才只找到一个空无一人的村子！

什么? 格格巫找到我们的村子了？

不知道他们在菜里放了什么鬼东西！

我也不懂！难吃得简直想吐！

我们吃不好……睡不好……还人挤人……

我觉得自己在这里待不了多久！

菜谱

格格巫发现我们的村子了！

什么?!是真的吗?!

40

蓝爸爸，这太可怕了！

格格巫在村子里？

我们得做点儿什么！

大家别慌！
保持冷静！

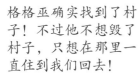

格格巫确实找到了村子！不过他不想毁了村子，只想在那里一直住到我们回去！

可以肯定的是，他不可能找到这里！所以大家耐心点儿，一定有办法赶走他的！

可是那个粗野的家伙会弄坏我们的房子！

吃光我们的食物！

跳进我们的河里！

用他的大脚踩坏我的菜园！

必须把他赶走！

明天我回去看看！现在我们什么都做不了！

演出照常进行，分散一下他们的注意力！

我去叫乐乐！

让我们笑一笑吧！这是一个蓝精灵的故事，他去树林里找榛果，回村的时候……

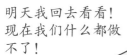

回村……哦，我们美丽的村子！呜呜！

呜呜！我要回家！

我们也是！**呜呜！**

吸溜！

呜呜！

呜呜呜！

我看看……谷仓里还剩下什么？

嗯……榛子酱！真好吃！

哧溜！

我挺喜欢他们这些小零嘴儿的，不过说实话，实在吃不饱！

砰！

想填饱肚子，还是去钓鱼吧！

怎么样，阿兹猫？我们这样不是很舒服吗？

飞得高一些！别让他看见我们！

他就住在那边，蓝爸爸！

但愿他已经厌倦野营生活了！

告诉你吧，阿兹猫，这次的野营生活对我很有好处！

他根本不打算离开！我们得采取行动！

您说得对！

所有人带上弓箭回来，杀他个……

不行，健健！用武力不能解决问题！

必须让他自己决定离开！不过我们得帮他一把……

42

这些樱桃真好吃……这地方真是人间天堂！

格格巫！
格格巫！

嗯?！谁在叫我？

格格巫！你听着……

什么?！是蓝爸爸！

你必须马上回家去，格格巫！

回去？没门儿！我在这里过得很好！

格格巫，你的房子快烧光了！烟囱里已经冒出火来了！

你们骗不了我！你们以为用这么可笑的谎言就能让我上当吗？

另外，我根本不在乎那座破旧的房子！

嗯……如果它着火了，我的魔法书就没了……还有那些家具……我的所有回忆……

我的旧娃娃……我的滚轴扫把……妈妈哄我睡觉的小床……

睡吧，我的小巫师……睡吧，你会有只大蟾蜍！

43

我们已经警告过你了，格格巫！如果你真想救你的房子，可得赶紧！

我必须回去……可是如果我走了，我就再也找不到他们的村子了！

我有主意了！

哈哈！我沿路撒上这些樱桃……只要看到它们就能找到回精灵村的路！

我们现在去哪儿，蓝爸爸？

去格格巫家！我们要给他点把火！

这主意太棒了！妈妈以前说过这样一个故事，不过我每次还没听完就睡着了！

我应该快到家了！樱桃用完了！

哦，糟糕！

蓝爸爸没有说谎！

我的柴火！

蓝爸爸，格格巫把谷仓里的食物都吃完了！

冬天以前必须储备好新的食物！

让蓝精灵们全都回来！假期结束了！

蠢熊！我总算狠狠揍了它一顿！

很快，精灵村的生活恢复了正常……

这次我成功了！我终于知道机器出了什么问题！

啊，你来得正好！去找一袋樱桃来！

可是灵灵，长樱桃的季节已经结束了！

不过，如果你可以把它改造一下，让它给榛果去壳儿……

嗯……秋天快到了……

滴答！

度假村的日子结束了！因为格格巫，我们的假期有点儿短！

这个嘛，对好东西不能太贪心！

而且我们明年还可以再回去！

完